JN123052

歌集

こゑのゆくへ

奈良橋幸子

六花書林

こゑのゆくへ　＊　目次

装幀　真田幸治

こゑのゆくへ

春衣

水の上ただひろくしてうつし世にみひらきし眼をかぐはしくせり

高枝をはなるる鳥にものおもひあづけて春の感官醒ます

蠟梅の黄なる香気につつまるる身体(からだ)より出づあしたのこゑは

うすものの春衣をまとひのぼり坂さわと羽搏くやうにのぼれり

降りしきる花をあふぎぬ厳かに孤立しをれとひとは言ひけむ

『星空の牡丹』

うすずみの眠りの中になよらかな魚一尾きて水音たてぬ

もう君は描かずされど書きつくさむ画人山本丘人を

まづは酒と常なるならひ　恋しかる奈良橋善司、有川文夫

酒は久保田ふたりの舌はなめらかに春のひと夜を歌仙のあそび

逝きて肥後に君はかへりぬ『星空の牡丹』にのこすそのこころざし

硬質の風吹き過ぐるビルの街たれかれとなくあゆみは速し

あさひ照る水面大きくもりあがり影のやうなる鯉あらはるる

大手鞠なだるるむかう後姿（うしろで）の静ひつなれば不意にたぢろぐ

花の蜜吸へる目白はしづまらずほろほろと木の花は散り継ぐ

万年筆

ゆくや春眠りの浅きこの夜をひらききつたる気配のポピー

丸善の万年筆の名は「檸檬」愚かしいほど愛してつかふ

檸檬色の万年筆で書く夜の文字は微熱を帯びてゆくらし

油のやうに陽の射す坂をがらんどうそんなかたちの身体運ぶ

たまかぎる日にくつきりと縞うまの縞を見しかば愛難からむ

とほき世のたれのこころか日あたれる石の沈黙(しじま)にからだを寄せぬ

基次郎を墓次郎と書くなかれ少女ら笑ふ午後の教室

身力(みぢから)のふと軽くなる橋のうへ岸辺の草は風に靡けり

献身の人

問ふことも問はるることもなかりし夜かうもりがさの行くへ見終へぬ

卯の花の雨に散る花踏みがたし我は献身の人をおもへり

おしわたる夜雲の下を走りくる少女の一群さざめく木草（きぐさ）

飲食（おんじき）も忌みてあらむとおもふ朝ましろき四個のたまごを茹でる

しくしくと朝霧うごき橋下に群れたる小鴨泳ぎはじめぬ

草の間のほのくらがりにもつれあひちひさき蝶はいつまでもゐる

手わざの印

吾亦紅あれやこれやとものおもふ花なりゆれて秋草の中

しぐるれば渡れる橋にすれちがふ人の目鼻もおぼろむらさき

十年経てこころ波立つ素羅といふ手わざの印を賜はりしこと

鮮やかに親鸞の妻恵信尼をおもへばうつつの中にわれ在り

仮名書きの恵信尼文書ありふれしもののごとくに読みゐきなにゆゑ

抽斗

白雲も木にゐる人も動かざるひとときありてふかき大空

半夏生鈍色の雲ひろがれば地上のわれはうしろを見たり

冷ややけき鱗逆削ぎだんだんにせつぱつまつてくる月の夜

胸の上に祈るかたちの手を置きぬ闇に匂へるジンジャーの花

ひとつこと希ふ朝たつぷりと菠薐草にバターを落とす

抽斗のくらがりのなか散薬は白くみだらにかがやきてゐむ

ルーベンスの家

ヴィアンデン古城をさしてのぼらむに視界鮮し霧が降りくる

亡命のヴィクトル・ユゴー怒らざりきヴィアンデンこの街はひかり美(は)し

寂光のあかるさは来て翳りなきユゴーの机塵浮きて見ゆ

灯をともしバス近づきぬ力こめわれ疾走すポンヌフ橋を

薔薇窓の青のすずしさ聖堂の隅に立ちゐて微かなゆらぎ

ルーベンスの家の奥処に憩へれば自画像の眼とわが眼ゆききす

秋の果物

安房上総降りみ降らずみさだめなき雨のふた日を零余子(むかご)など見つ

うつつなるわれらあやふく均衡をたもちつつ食む秋の果物

鶴を折りほぐしまた折る放心をさそふにあらずすさびにあらず

旋律が少し違へど窓の下いとしのエリーの歌過ぎゆけり

白鳥を長く見てゐていつくしき滝にぬれたるわれかとおもふ

駅を出で解き放たれて右にせむか左にせむかけふの帰り路

風立てば風のながるる水おもて水皺かすかな光をかへす

チェコグラス冷えてゆくらし寒月光充ちたる戸棚の中のしづもり

安達太良真弓

人もまた流されたまひぬ神さぶる松の木ひと木ここに残れり

廃墟ならぬ海辺の町のありしところ朝の光に黄水仙咲く

ああ君のもつしづかなるそのこゑはこころのふかきところより出づ

少年は誰をも容れず直情のこゑのひとつがわれに向けらる

榛の木の太根を照らし雲隠る月の行く方長く見てをり

燃えつきしものに少しの水そそぎ澄みたる時を啼けるひぐらし

裏庭のひるがほの上をわたりゆく蝶はふたたび見ぬものならむ

人の住む村たえはてて二年経ぬ世は衰へてさくらさきそむ

みちのくの安達太良（あだたら）真弓よき檀余生ちぢめて木も生きゆくか

線描のガーベラ

憩へるはかのたましひかあたたかき丘のなだりにサフラン咲けり

アカシアの木陰はふかし少年と少女のこゑはきれぎれに来る

道端のここまたかしこ散漫に咲きて終らぬおしろいの花

仮眠せる娘の寝顔わが知らぬそのかほ照らす晩夏のひかり

ベジャールより賜はりし薔薇くれなゐは嘉せむをとめの踊るこころを

線描のガーベラの花深き夜の色なき花は満ちてしづけし

石像の女人の双のてのひらのくぼみに溜るはるの夕つ日

捨て鏡

夏草の襤褸燃やせる火の中に赤さ増しくる鶏頭の花

草原にわれはしやがみてつくづくとかほうつしゐきかの捨て鏡

晩夏光そそぐひかりの重たきかひとの日傘は右に傾く

すこやかに菊膾食む大いなる蟇が棲みつく大叔母の家

君のみのかなしみならず夜半ふかく喘ぎのこゑを受話器は聴かす

雁来紅の太茎も見ゆ火の中のものよく見えてゆふぐるるなり

父の座

太腹の守宮はりつく戸障子をほれぼれと見き父の棲む家

古家の太き柱にかなぶんがひとつ当れり否応もなし

八月の死者たちの音聞きすますかの夜の父の耳をおそれゐき

許さざる許されざるもの秘め持ちて長き戦後を父は生きけむ

父の手の「立春大吉」あかねさすひかり帯びたる春の一文字

万策の尽きて廃るる父の家父の座良夜なればかぐはし

失せしもの失せしままなる七曜のをはり疎らに石蕗（つは）の黄の花

「父のもの」箱の文字は薄墨の墨書で洒落た男なりけり

一族の眉濃き顔に連なりて盆花供ふ山百合の花

山里は雪降るといふ端渓の硯の陸(をか)も湿りゐるらむ

ちちのみの父の日乗さし絵あり痩軀芭蕉と小さく記さる

父の家その終焉を見るためのまなこしづかにちからたたへむ

遠天をしら雲流れ畔の道ほつほつほつとふきのたう生ふ

変速機

しら紙に書かれし文字は消えはてて残んのほのほゆらぎをさそふ

羽たたむ鳥ありひらく鳥もあり風に乱るるゆふべの沼に

三津浜をわが自転車は加速せりかぎりもあらぬさざなみの照り

変速機（デイレイラー）さまざまに変へ疾走し暮秋の路地へひそかに入る

あしたより降りそむる雪門べにてふかく礼せる人をつつみぬ

最澄の手紙

月光のにほへる中にほのかにも柚子照り出でて心耳（しんじ）みえきぬ

こころざし匂ふべくまた燃ゆるべく僧最澄の手紙写せり

懸命のおもひに触るるごとく見ゆ黒き川藻の音なきそよぎ

根付きたる木瓜の稚木にくれなゐの花咲きそめてあたらしき庭

黄に熟るる広田を風のわたりゆく長き時の間こころ放てり

滲み

香りよき姿よき薔薇その薔薇の名前をいひてひとを誘ひぬ

吹き荒れて小暗きまひる街川に白く膨らむ水鳥浮かぶ

雨の降るあかときならむ手触れしは誰ぞ何をかわれは問はるる

東歌この子愛しと書きすさぶ一点一画涼しくあれよ

ぬばたまの黒にまじれる藍墨の滲みはなやぐ一瞬を見き

関戸本古今和歌集「は」の文字の初（うひ）の一線ふくらかにひく

やはらかに朽ちてにほへるユリの木の落葉を踏みてゐたまひしこと

「紙の店よしむら」なれば手触りのいふにいはれぬよき美濃紙あり

歌ひながら

「まああなた、神ってるわ」九十の師がさう言ってけふは小春日

九十九髪うつくしきひとうつし世の老いの身仕舞を教へたまひぬ

アドレアナ・バレッタうたふ　Venganza（ベンガンサ）　しづかにその血を流してゐるか

肺の息声に変はれる恍惚を　Cantando（カンタンド）　歌ひながら知る

道太夫きみが語れる苦しみの極みのこゑは炎（ひ）の匂ひせり

こゑゆゑにうつし身さへや匂ひ立つ鶴の化身の山本安英

日のあたるたひらな石に坐つて聴く石牟礼道子はそのやうなこゑ

方十里晴れてゆるゆるのぼりゆく大凧写楽呵々大笑ひ

ベルグソン集

バーグマンはキャパのこひびと恋人に葡萄のみこむ喉撮られたる

暗がりに長く平たく眠る人ぬきさしならぬ歳月が見ゆ

あらたまの月光しんととどまれるあをき真弓の木に近づきぬ

「みつまたの花を見に出よ」かすかにも内耳に響くかぐはしき声

書き込みの鉛筆の文字つくづくと君ぞと思ふベルグソン集

いつしらずにぎりしめたる手をひらく藤房垂るるひかりの方へ

やはらかく記憶はうごくゆすらうめの木がゆれてゐる日向に出でて

地の上の葉洩れの影のあはき影過ぎゆくわれはしづかにあらず

息の緒そよぐ

マウンドの孤独をかの夜言ひ出でし成瀬有　こゑ、面影、顕ちぬ

歌のほか何も思はぬ顔をして酒を酌みゐるむそれは夫と

見舞花只見の奥のひめさゆりうすくれなゐをよろこびましき

たまきはるいのちの際に記されし歌二首きみの息の緒そよぐ

累々と地にかへりしをあめつちのよきもの鳥や花やかがよふ

葱坊主ひとむら風に揺れあへばあさきゆめみし目はさだまりぬ

なにがなしわが黒き靴位置かへてそろへ置くなり春立つゆふべ

黄金の小路22

春の日のフランツ・カフカ　存在の苦は慰藉のごと照らし出ださる

カフカ死に公房生るるその年を知らざれど春、ことば与へよ

つきつめて一人おもへばアマリリスふいに大きく笑ひ出だせり

またたくまのこの世の五月アマリリス赤くなるため水を吸ふ朝

黄金の小路22青き家壮年カフカのうつしみ在りき

プラハの街旅のひと日をゆるやかにふかくなりゆくわがラビリンス

きよき存在

霜枯れの草を燃やせる火が匂ふ見えぬ雨降るときを一途に

ゆだねたる橋に見下ろす一隅に落葉をよせてかぐろき水面

オフィスの大硝子窓映さるる鋭心ふとも和ぎてゆくらし

交はらぬ言葉を重ね向ひゐるこの人もきよき存在となり

憂ひなくあゆむならねど歳晩の風に押されて菊坂くだる

土に伏す萩ひとむらになほも降る雨ははげしくほめく時あり

桔梗の一秋一度のむらさきを見たるまなこはまだしづまらず

ゆふぐれの木犀の花黄の小花触るる指さき磁気を帯びたり

掌の中の柘榴の重さニュアンスの違ひと言ひし人に差し出す

三陸の牡蠣十あまりふくらかに肥えてゆふべはゆたかにありぬ

石の奥処へ

風吹けばわれの洞ろの眼の中に火群はふとく立ちあがりたり

余剰なるもののごとくに肉体をしづめて夜のバスにゆらるる

隣りたる大き手のひと桃の花ひと枝持ちて父であるらし

葛城の風の森峠ゆゑありて恋ひて越えざる日月を経ぬ

ありとしもなき身なれどもそのはやさいきほひづける五月のめだか

やはらかき春の寝床にわがからだ人のはじめのごとく目覚めぬ

先鋭にとぶ形よしつばくらめ燕去り月までの快楽

夕映えてなみだぐましも従順を拒みしやうな青銅の馬

凌霄の朱色の花の裂目よりしたたりおつるゆふぐれのみづ

鋭きこころ石となりなむさへづりのこゑしみ入らむ石の奥処へ

よき窓を閉づ

芝居小屋内子座ひらく男衆が酒振る舞へばくくっと飲まばや

人がたのお半の唇はつややかにもの言ふかの世ひとの世の憂さ

咲太夫風流男(みやびを)のこゑ桂川までの道行き語りつくせる

宝厳寺炎に焼かれ一遍の遊行の脚を恋ふれど還らず

雛の日の献立を決め古家のさらなる古き雛を出だしぬ

梅めづる女人ふたりの伊予ことば梅花の下をやはらかに過ぐ

西日なか麒麟声なくゆききする柵を離れて息の緒さむし

白梅に紅梅ならびはなやぐを醒めておもたき歳月は見ゆ

千の目のちりめんじやこは賑々しけさの潮風つよき港に

男(を)のこゑの一語一語がとびはねてなりはひ明るし青物市場

燕来るころほひ待たず東(ひむがし)のよき窓を閉づ三津を去らむ日

葡萄をつまむ

あやふからむわれにやさしく滑らかに人は言葉を逸らしゆきたる

うつし身はうつしみゆゑに憤り火に投げ入れし菊匂ひ立つ

生国の石をがつしと据ゑし門父の気骨の過去が見ゆるも

傷深きところに触れし指などがぬばたまの夜の葡萄をつまむ

悲を寄するごとくに束ね瓶にさす紫さふらん白ひやしんす

見えぬ罅(ひび)見ぬものなればあるままのかたちやさしく籠(こ)の寒卵

雲と鳥はるかにありてあらがねの土に漂着物(よりもの)のごとくわがをり

壁に貼る日本のかたち深藍に暮るるを見たり茶房「琥珀」に

黄に烟る菜の花畑少年か少女か分かず痩身立てり

ひと粒を食べ余したるかの夜の赤き苺がこころに置かる

仏桑華の花

『古琉球』旅にたづさへ榕樹(がじゅまる)の影置く土の一隅に居る

うつし世の美しきもの芭蕉布(ばさあぐわぁ)　山之口貘の質草なりき

古琉球はるけきものはやさしきをユウナの花の漆器あがなふ

気根垂るる大がじゆまるの影深くにんげんのこゑとほきこゑなる

海の山、島は香ぐはし東風(くしかじ)にのつてデイゴの赤き花ふる

那覇は魚場（なば）　遠世の神が生（な）さしめてさきはふ青き海に浮く島

御嶽（うたき）の森するどきもののしづまりてたぶの古木のかげもまぎるる

遠来の客人といふ安けさにとほりぬけたり神の通ひ路

てだか穴、神は通ひきうつしみは草のやうなる呼吸して過ぐ

ひむがしのかた久高島うつとりと真つ平らなり混沌の世に

むらさきのベンガルヤハルカズラ垂る　眉濃き人が花の名教ふ

南風原（はえばる）の第一外科壕　赤色の筆箱残しをとめかへらず

息の緒にふるるまなざししづかなり二百二十七のうつしゑ

米兵が低空飛行で手を振って見せたと記す証言ありき

何者かわからぬうちに死ににけりをとめはをとめのからだを持てど

海軍壕真玉御嶽（まだまうたき）の黒灰の骨、言ひがたく圧しくるなり

仏桑華の花にふる雨忘れ得ず永久（とは）なる雨とならむその雨

「フェンス」はこの地に生くる人々を囲んでゐるか基地ではなくて

七曜のはじめあらはなる嘉手納基地見る存在は傍らに立つ

新都心、かつて米名「シュガーローフ」世を見るやうに碑立てり

赤人の夜の鎮魂歌おもひ出で夜を清くせり南（みんなみ）の島

しろがねの甕

存へし者はことしの桃の花味はふやうにくちづけてみぬ

あづさゆみはるの高処にひとありてわざ簡明に木をととのへぬ

まなじりの清き若もの楽奏で駅前広場なにごともなし

ガーベラのさみどりの茎すくと立つ白き花瓶のほそ長き首

滴々と蜜を増しつつまひるまの桃は睡たしひろき桃畑

うつむきてゐることかくも美しいマザー・テレサの小さき肖像

セロリ嚙み野芹食みたるゆふぐれのわれの体は鹹さを湛ふ

人の世の視野より抜けてしろがねの甕となりたるうつしみはあり

かがやきを消ぬべきものとただよへりはつなつ光のなかの黄の蝶

ひと夏を自分に飽きてゐるならむ鶴と男が真向ひてをり

雷鳴のこもれる雲をおしひらき差しくるひかり柘榴割きたり

忘却を重ね重ねて来し国の八月魚鱗のごとく白雲

水紋

おほいなる翳を落として陀羅尼助煮し大釜の睡る春昼

交差路の角の家庭(いへには)ほこりめくひかりただよひ合歓の花咲く

建ちゆくを日ごとに見たる家にけふ表札あればつくづくと見ぬ

三方に向きて咲きたる百合の花草の乱射に白かがやかす

十重二十重ひろごりゆける水紋に向ひゐてこころ縛されはじむ

人の世でたんと生きたといふやうに目つむる犬のゐる秋の庭

『山西省』読み継ぐ今宵過去といふ荒地はしんと黙ふかくあり

恩愛を賜はりしのみ「魚沼で候」飲めばひとを偲ばゆ

秋は秋の顔してひとつの顔浮かぶ限りのあるかこのさみしさは

高層の七階の窓みがくひと遊びのやうに身体動く

「裸婦Ⅰ」

舗装路に小さき楕円の泥(ひぢ)ありて季はみどりの草深くせり

過去のない街などなきに方位感失せつつ歩く渋谷界隈

ナルシズムにほふばかりの少女たちガラスの中のディスプレイのぞく

うめさくらつつじあやめの花賞づる遊びはつきてもの思ひなし

リクルートスーツを着たる一群のをとめにをとめの闘志が見ゆる

「裸婦Ⅰ」の裸婦は四十のわたくしで衝動的行為もよからん

たましひのあかるむ方（かた）へあゆまむか白雲木の花盛る道

さみどりの鶯餅のやはらかさ妻でも母でもなくて食べをり

鳩サブレ

笹竜胆など生けて母といふこころの在処(ありど)秋をかぐはし

母は世のかたはらにゐて言問へばこころを遂げよ、けれども、と言へり

春霞去年（こぞ）のつづきの目を見たる手鏡を置く裏に返して

リラ冷えの礼拝堂にうつし身は見まもられゐてひかり帯びたり

ステッキは似合はざりしがステッキを立てかけておく盆の夜なれば

娘たち英子夫人の鳩サブレ恋ほしみこの夜鳩サブレ食む

塩谷へ

諸事一切ふるきならひに従ひて女念仏低くとなふる

わたしにも顔馴染みゐてものを煮て厨にぎはふ葬りのゆふべ

燭を守る夜の鋭き耳にささやくはとほき木霊や花霊のこゑ

裏畑の好い加減さが義姉のやう紫紺の茄子がゆたかに実る

名右衛門の家はひとりひとりと欠け家つかさどるこのひとが一人

見おろしの塩谷集落人住まぬ家ほつほつと在りて日の射す

夕つ日の消ぬべきときを風立ちて蒲の穂綿の白舞ひ上がる

畑中に燃ゆる火揺らぐぐらぐらとひとりふたりと立ち上がる人

二分咲き

降らでもの雪が桜に降るあした一心一軀白につつまる

二分咲きといふつつましさつつましき母はつくづくとほき母なる

そこかしこほほと笑へる野仏のいます母郷も雪ふかからむ

きはやかに泛く寒の月恥ぢらひしことなど漣なして思ほゆ

小林に桃の花芽もひそむらむ逢ひにゆく夜の夜はさらに濃し

炎群は見えず

ゆづりはの高きひと木に並び立つ真弓のよき木予兆とならむ

穂に出でし芒の白きたそがれを過ぎるとなしに墓碑に至りぬ

哀切のしらべを愛し若き日に古泉千樫のうた写しゐき

安房の道風わたりゆき茱萸の葉も草稗（くさびえ）の穂もさびつつそよぐ

すこやかに天降りくるもの芝の上にかがよひ鳥はひくくあそぶも

空蟬のうすもの干せばひるがへりゆくすゑ一切空にあらずや

木にひそむ炎群は見えずさはあれど木の一念とおもふもみぢ葉

夕照りの楓もみぢ葉きはまれる朱色を湛ふ水の面に

安息のよき形して昼寝(ひるい)せりエリカの花の下かげの人

空海の手

みづ流るながるる方へ陽は流れひかりをあつめなほ白き鷺

むごきものきよらなるものわれは見きつつしみ食すみちのくの牡蠣

風字硯（ふうじけん）ほどよく老いて墨磨らばこの世一会の墨色ならむ

妹の不在の日々をいたむゆゑ花を食みけり黄なる甘菊

妹のほほゑみ記憶の奥へ消え秋のひなたに青年が見ゆ

おつとりと老いたる叔母と別るるに帽ふかくして見えざるまなこ

春の日の机上の眼鏡ふと君のまなざしありて思はれてゐる

中空の明るきときをセツブンソウ白く咲きをり傷みなき白

足裏まで力満たして我が立つべし東西南北黄なる菜畑

うす雪の被く地表を寒雀ちちとついばむ　あさ空無辺

虫喰ひの紺紙金泥空海の手を顕たしめて経文はあり

室戸岬最御崎寺(ほつみさきじ)のヤッコ草茗荷の子より小さく咲けり

黒墨に藍滴らせ墨色をつくれる遊びひと夜の快楽

辺野古ぶるー

圧殺の海第2章「辺野古」　抵抗の記録千三百時間

辺野古の碧瑠璃の海闘ふといふことのみが今ある　しふねく

カヌーチーム・辺野古ぶるーを率て抗ふ目取真俊、若き面わも

フロートを越ゆべく漕げるカヌーの群れ　カヌー一艘に、にんげん一人

カヌー転覆、抗議船大破、かくまでも虐げらるる時間、とどまらず

波なごむ大浦湾を夢想する或るとき外界は遠くなれり

粟国島の生成りのやうな一匙の塩はあしたのひかりとどめつ

粟国の塩常滑壺に満たされてわたくしも世もことなきごとし

螢来

トーストに椰子の花蜜かけて食む夏のひと日の聖家族なる

螢来（ほうたるこ）、母祖母のこゑみちのくの古き時間の中にすずしき

やまもも酒熟成をせよしづかなるものの待ちゐるやうな午すぎ

夜の門鎖すおこなひのひそやかさ　父は何にか抗ひにける

呼びあふといふことなきかもろ鳥の声に交りてしきり啼く蟬

忘れたきことを忘れて声たてて笑ひたるゆゑわれが残さる

三面（みおもて）の鮭の頭を煮こむ夜けもののめくことふとよろこびぬ

風を率て匂ひゐるべしブータンのいづくにか在る「被爆アオギリ」

せつせつと空言(むなごと)を吐き枝豆の殻増えてゆく備前の小鉢

逆様にぶら下がりたる鉄棒の男の子三人、笑ふ蝙蝠

あとずさりしつつ畳を拭きゐたるこの簡明なかたちを愛す

若きうめ熟成のうめ年々の梅の霊力宿る家なり

ノグチゲラ・ヤンバルクイナ

学生は無料の映画「標的の島」始まれど若ものをらず

「標的の島にさせない」訴ふる女性の背中に赤んぼひとり

弾くうたふ祈るうつたふ笑ふ泣く沖縄びとはおのれを証す

陽春(うりずん)より若夏へ季は移れるをぞよぞよとまた高江を圧す

東村(ひがしそん)高江の森のノグチゲラ・ヤンバルクイナ死は近からむ

軍用機の脅かしより放たれて子らの澄む声かへり来よそこに

けむりぐさ

けむりぐさ視野をけむらせゐるならむさねさしさがみの弟は病み

脛長で松田優作似だったのに　弟よまづバナナを食べよ

しんみりと姉である日は弟の右肺左肺の翳りをおもふ

弟の殺風景な部屋の窓ぬっとあらはる月と面影

こつつんと窓を打つ蟬無念とも面白きともなきひと夜なり

門扉より出づ

ナナカマド朱実終れるこの月の些事も大事も家にかかはる

文語文聖書を読める青年のこゑのひびきはうれひをふくむ

木彫の聖マリア像抱かれて修道院の門扉より出づ

くるひたる三半規管日薬をたのみに七夜八日寝ねたる

薔薇ソフト薔薇ドロップス舐むる舌われのものにて鬱なる感じ

白杖の人と並びてバスを待つこころゆつくりとかれゆくらし

昼電車をとめひとりを見続けぬ化粧すべてが終れるまでを

番地さへ思ひ出だせぬ村なれど畦にふきのたうもゆるころほひ

しろだもの香りよき木は父とゐし記憶の隅にふかぶかとある

ふかき源

抑留の果てロシア北西ポギ村に住み経るひとの歳八十九

生きのびて霜こごる髪このひとは何にあらがひ何をうべなふ

こまやかに思ひをかくる近隣のロシア人女性のことも記さる

はらからはふかき源はるかなる異国にありてこころは朽ちず

歳月に母国語奪はれロシア語で言ひけむ「もう一度日本に」

寂寥をねむる日月終りなむ明るき方(かた)へゆくこころ見ゆ

香に立つるうつつの梅は呼び醒ますかの白梅と貧しき路と

桜描く人

焙烙はほどよく古び銀杏を煎る夕ぐれの手はあかるけれ

きさらぎのけふのいのちの濃きものをつくづくと見ぬ丹頂のまへ

触るるほどに近づきてなほ近づかず人は人、鶴は鶴　地上に

真白羽の出水(いづみ)の鶴をいまだ見ずみえながら何鳥か雲に消ゆ

をとめたちがわけわかんない恋といふ六条御息所の恋

芽吹かねど咲かざれどなほしづかなる力をたたふひと木の桜

昨(きぞ)の夜の月光ありしところよりまなざしむけて桜描く人

みづのかたち

日本の小さき母たちこの墓碑に額づきたまひき八月忌月

摩耗して分きがたき文字たどりゐる人はせつなき言葉かくさず

衰へてなほ濃くにほふ菊花ゆゑこころつくづく過去に入りゆく

声はなち声をひそむるひと日過ぎ名を呼ぶ声はあたたかかりしよ

存在が非在のやうにいつもあるドア止め用に置く鉄亜鈴

低きより吹き上げられて噴水のみづのかたちは高くととのふ

追慕する鳥

屋根が付いた　友の手紙を読む午後の熊本は雨、白驟雨(はくしゅうう)ふる

ミノムシの別名木螺(ぼくら)小さくて不変のかたちほぐしたくなる

霜月の霏々たる雪のふるひと日花の秩序も乱るるならむ

一羽また一羽とびたつ追慕して一羽翔ちゆきみなも澄み果つ

かりそめの時をかさねて咲き重る椿となりぬ椿は赤し

官能の刺激がややにあるといふひとのこころのぬくさおもひ出づ

裸木のさしかはす枝線描の影を落せば地表を踏みぬ

闇連科作『年月日』犬一匹にんげんひとりの死を荘厳す

うつむける者に問ふやうその言葉ひびかするひとりの顔忘れたる

禍つ花

火を囲ふ手は開かれぬひらかれて手は濃密に生きはじめたり

利き手ではない左手はゆふぐれを遅速あれどもきよくはたらく

門の入り泰山木の一花ありこの月光にたまはりし白

夕庭に芥焼く火を立たしむる叔母は何をかうたひゐるらし

石のみを置きたる墓にはつかなるひかり差しきて石をすすぎぬ

八月のおもひを思ひつくすべし夾竹桃の禍つ花咲く

装幀の紅緋の色が未来図のやうにささやく『あの世の事典』

荒野

さねさしさがみの奥の七沢の道の長手を多喜二あゆめり

温泉宿福元館のふかき黙守(もだ)り難きいのち守らる

梅古木見ゆる離れ屋安息のひと月在りき昭和六年

日月を経てなほ残る調度品火鉢にかざしし手は大きいか

父といふものにはならず生きの緒のはてまで荒野　小林多喜二

小林セキ、えらばざりしを母といふこころに凝るその死のかたち

「こいをいパイに　なきたい」多喜二の母〈声一杯に〉泣きたまひしか

キブシの実キブシの花も一様に土に影して風のすぎゆく

キブシ咲く忌の日ひとつの思ひごとこころを出でてまだゆきつかず

きさらぎの死者に言問ふ三月の痩することばはひくくひびけり

言葉は、精神(こころ)の激ち　胸衝かるる『蟹工船』のオノマトペ

世にあふるるこゑとほくなりそのひとのその眼の奥に何ごとかある

卓の上に治安維持法関連の請願書置かるまなこ放れず

蓮沼はただ平らなり水底の春の根茎太れるならむ

高処より見おろすところ橋かかりほのぼのとはるのひとは渡れり

繁栄はひとを照らさず牡丹(ぼうたん)のやうなをとめのいのち断ちける

イノカシラフラスコモ

ほほほつとふと笑ひ出す大ダリア宮英子さんに逢はましいつか

うしろでのいかにもやさしき立像がそのひととなるまでを夢想す

搔い堀の井の頭池さらされてあたたかさうな泥(ひぢ)の黒色

イノカシラフラスコモ世を愉快にすありなしの息やめず生ふるも

『大鏡』読むころ桐の花咲いて花愛でをしてそよぐ教室

たべものを拒む少女は薄絹のやうなこゑなりわたくしを呼び

肉声はからだより出づかの夏の少女のあげし満身のこゑ

さやさやとをとめら笑ひ藤棚のうすむらさきの花房ゆらす

葛籠と書けばすずしき入れ物のやうになるなり部屋の屑籠

青鹿毛の馬

ひむがしのよき風なれば緊まりたる四肢を動かす青鹿毛(あをかげ)の馬

強き馬はみめ良き馬と齢(とし)わかき騎手は言ふなりほうとうなづく

この馬の常足（なみあし）の揺れなつかしき記憶をさそふささめくやうに

耳袋着けたる馬の双つ耳須臾にし動くなにをか聴かむ

馬の背の高さにて知るひさかたの天のしぐれは濃き匂ひせり

抒情的ことばのやうなまなこゆゑ一歩踏み出る黒馬のまへ

星と鳴滝

花水木ことし出会へるうすべにの花殻を踏み母屋へ行かむ

新聞の切り抜き記事が五十年分残されてゐる父の地下室

父母の忌日に降りゐきさくら、ゆき、山は桜も雪もさびしい

地の上にひかり穏しく差しおよびいたくしづかにたれか添ひ来つ

あふぎみる星の連なり深山の滝がふとしも鳴れるとおもふ

秩序なく

ひと夜さの眠りのやうなかほを見つ死の沈黙は微光を帯びて

時ながく座す六畳間喪きもののこゑはこびくる若夏の風

月光にあらひ出ださるる弟は時に解かれて青年でありつ

食事する所作の綺麗なをとめなり父より享けしこころにあらむ

秩序なくゆくものはゆく朝に夕に水をつかへば慰藉となるみづ

草はらの一窪の水〈ケルンの水〉オー・デ・コロンのにほひ立たしむ

水に咲く蓮花の白ふれがたく相むかひゐて垂るる双の手

照りかげる蓮池の辺に照りかげる五臓六腑の身体立てり

水の花水の湛へに拠りて咲くこの箇明にまなこ濯がる

「豆日記」

牡丹薔薇ダリア花なく歓楽のをはりたる苑はからひあらず

齢（とし）わかき四国五郎は「豆日記」秘めて収容所（ラーゲリ）の日々記しける

飯盒に刻まれにける抑留者氏名にむかふまなこさむしも

方位なき月光及ぶ地の平ら人体といふ悲哀は立てり

広ごれる野焼きのほのほ　映像の中をすぎゆく男（を）のシルエット

大硝子の向かうゆき交ふ人のひとりわが視野にゐることを知らず

アンティークショップの壁の星座表眼は天上の星にあそぶも

こゑのゆくへ

ととのふる箸置一つ、箸一膳　野蕗、山葵菜春のもの食（を）す

なつかしきもののこゑして虹立つを永久（とは）も瞬時も恩寵ならむ

十九年まへの眼鏡にしら雲の湧く昼ありてしら雲とほし

歳月はひそやかに過ぎ荒寥の眠りといふをいく度も見き

黄の花をサラダに散らしはるのよの花喰ひびととなれり娘と

みんなみの窓辺の桜春秋に賞でしうからのこゑのゆくへや

ぬばたまの夜をみづみづと呼吸する電話ボックス我を明るます

もろ鳥はこずゑにかへり鳥を祝(ほ)ぐこころに暗渠のうへをあゆめり

薔薇水

ル・シーニュのフロアの隅に布一枚ちひさく敷きてひとは祈れり

額づけばモスクにあらむうつくしとおもほゆるとき祈りをはりぬ

薔薇祭の薔薇水０・５リットル愁ひの量（かさ）は身にしみわたる

シベリア記閉ぢたる午後は薔薇園の薔薇にちかづき唇つけぬ

満月の下（もと）で摘む茶葉「シャイニー」を味はふ朝の舌は抒情す

おもひみる色

江戸椿正義(まさよし)の花をはりたりとり残されておもひみる色

白鷺のこちら側よりあちら側へ飛んでゆきしは契りならむか

秋の日を倦みつつち、ちと赤くなり落ち着かぬ実のからすうり垂る

来し方のあのくらがりに鳳仙花あかく咲きけり瞑(つぶ)らへば見ゆ

都市の洞、地下道を出で街路樹の烈しき影に交はれる影

鬼ならで笑ひゐるこゑまがまがしをとこをみなはもみぢの下に

野苅りをへし真葛野路菊塚なして積みたるところふたたびの雨

地下劇場

まぎれゆく何の影かと眼を凝らすアベリアの垣つづく小道に

桃畑は桃の匂ひの夜となりぬ瞑想ならでこの夜に立てる

つゆ雲の錆朱うつすらのこれるを柘榴の花は高く咲きをり

誰か知らず群れてあそべる顔ひとつ見をはるころを雨傘ひらく

点さるる地下階段を下りゆけば雨音さへやわれにつきくる

劇中の死の取沙汰の一部始終ことばによりて死をやさしくす

とことはの場所にはあらぬ地下劇場ひとりのこゐに動悸してゐつ

おんじきの常のかたちをととのへよ山椒のみどり羹に置く

大賀蓮

水に浮く花はまなこのみづのなかむらさきだちてゆふぐるるなり

かなかなのこゑすみ透り身のうちのひそかごとはつかくれなゐきざす

花あれば花に顔寄すさざんくわの白妙さむきひかりを宿す

画学生の娘が描きし死のかほ、日月を経てしづかなりける

いづこにも影をともなひあゆみゐし身は定まりぬ夕暮れのバス

時をかけとほくゆきけり霜月の忌の日　秘儀のごとくさざんくわ

白き石の奥へ奥へと陽は射してこの世に在るはかりそめのこと

ほがらかに異界より来て月を見に出でよと誘ふ　夫に応へむ

東のよきところより足音はきこゆ門べに立ちて待たむか

僕ノ方ガ君ヨリ先ダ　歳月をひきよせながら咲く大賀蓮

大賀蓮見ゆる視界に透けて見ゆるふるき時間はあたらしく見ゆ

月光の窓の明るさ顔料のにほひたたしめけふは可惜夜（あたらよ）

あとがき

『こゑのゆくへ』は『花騒』に次ぐ、私の第二歌集である。二〇一〇年から二〇一九年までの作品より四百三十六首を収めた。

『花騒』上梓から三十三年が経ち、それはやはり、長い年月だったと思わずにはいられない。わたくしの行方、うたの行方、ということを考えた時に、ともかくまとまった形にしなければという思いにうながされ、この集を編んだ。ただ、三十余年をひとつにすることは難しく、二〇一〇年以前のおよそ二十年の作品については、思いの残る歌もあったけれど、収め得なかった。

ここに至るまでに、桑原正紀氏には選歌のみならず、大切な助言を多く賜った。厚く御礼申し上げます。

また、出版までを懇切に進めてくださった宇田川寛之氏に感謝申し上げます。

二〇二〇年二月

奈良橋幸子

こゑのゆくへ

コスモス叢書第1175篇

2020年５月15日 初版発行

著　者――奈良橋幸子
〒183-0057
東京都府中市晴見町２－１－10－２－302

発行者――宇田川寛之

発行所――六花書林
〒170-0005
東京都豊島区南大塚３－24－10－１Ａ
電 話 03-5949-6307
FAX 03-6912-7595

発売――開発社
〒103-0023
東京都中央区日本橋本町１－４－９　ミヤギ日本橋ビル８階
電 話 03-5205-0211
FAX 03-5205-2516

印刷――相良整版印刷

製本――仲佐製本

定価はカバーに表示してあります
ISBN978-4-910181-03-5 C0092